河 湖 满 地

杨 涛 …… 著

天津出版传媒集团

天津人民出版社

图书在版编目(CIP)数据

河湖满地 / 杨涛著. —— 天津：天津人民出版社，
2021.8
ISBN 978-7-201-17479-2

Ⅰ.①河… Ⅱ.①杨… Ⅲ.①诗集–中国–当代
Ⅳ.①I227

中国版本图书馆 CIP 数据核字(2021)第 147842 号

河湖满地
HE HU MANDI

出　　版　天津人民出版社
出 版 人　刘　庆
地　　址　天津市和平区西康路 35 号康岳大厦
邮政编码　300051
邮购电话　(022)23332469
电子信箱　reader@tjrmcbs.com

责任编辑　吴　丹
装帧设计　汤　磊
插图绘制　高　琪　李　羚　汤　磊

印　　刷　北京虎彩文化传播有限公司
经　　销　新华书店
开　　本　880 毫米×1230 毫米　1/32
印　　张　4.5
字　　数　86.4 千字
版次印次　2021 年 8 月第 1 版　2021 年 8 月第 1 次印刷
定　　价　42.00 元

前　言

2020 年在美国期间适逢暑期，我给自己做了个写作日程安排，在这样充实而简单的日子里，趁机陆陆续续整理出来几本书稿，这本小册子也是其中之一。

在美国多年，行政、教学和写作是我的主要生活内容，由于工作量大，也多也累，主要是担心耽误事情，再加上今年 10 月我因项目期满需要按期回国，所以今年秋季学期就只专注于学术方面。而通过诗的形式把一些想法分享给更多同频的人，是我年少时候就有的愿望，至今都不曾改变。我一直尝试以诗歌的形式捕捉和表达我细微的念头、希望，因为诗歌代表了我的快意人生，是我生命的重要组成。

没事的时候，我也翻译了一些当地爱好者的诗文，其中的大部分在不经意间就遗失了。如果把那些小诗文放进来一定会增色不少，但是世上没有什么事情是完美的，这也成了本书创作整理过程中一个小小的遗憾。在翻译的过程中我发现，对于诗而言，要做到精准翻译基本是不可能的，因为诗本身就是一种意境、韵味均在语言表现之外的文体，而语言是受地域、环境、历史、习惯、传统等因素影响的，译者没办法在两种语言之中找到严丝合缝的对应。所以翻译只能表达出来一部分，就像绘画里的留白一说，这留出来的不能传达的部分就是读者主观想象的空间了。

在翻译中还要注意诗的节奏，像我国古代的诗歌、词调是歌词，是用来演唱的，都保留下来了原来的节奏，语言上的翻译往往会顾此失彼，不能完美地展现原始的韵味儿。我在翻译望海潮、沁园春等词牌的时候，曾有杜兰大学讲授英国文学的教授问我需要把谱也附上吗？从侧面表明中西两种诗风的不同。

所以在翻译时注意把意境翻译出来的就是好的译文，如果语言正确、意思完整也行，就是说专注于其中一个方面就好！要是都能兼顾，那应该算得上妙译，是完美的，取决于诗人的双语功底以及诗文造诣！因为翻译不仅仅是一个技术问题，也涉及文化底蕴问题！

本书所拣诗文是我多年来断续所作，是我的成长记录，也是对社会的另类独特印记，有不少显得青涩，也有几首可读，部分借"老渔翁"之名的简单评论主要是为了解读我本来要表述的意思，也为了能有一个交流碰撞的机会。至于用"河湖满地"这个名称主要是为了表示我所参访的这块土地路易斯安那除了有与大西洋直接相通的墨西哥湾，还有被称为父亲河（The Father of Waters）的世界第四长河密西西比河和 1630 平方千米的庞恰特雷恩湖（Lake Pontchartrain），更广布着 37 条河流小溪、33 个河口、大大小小多达 58 个各类湖泊，特别是从空中鸟瞰，真的是名副其实的河湖遍地，水网纵横！难怪世界上有那么多的文人骚客对此留恋不已，我想除了典型的欧陆文化、音乐艺术、美食美景，水系特色也是一个重要原因吧！

本书共分两个部分,第一部分主要择取了33首情感主题的内容,第二部分30首小的以哲思方面为主的内容,两个部分分别取了"一路向北""云月随心"两个名字。"一路向北"是说我从老家邯郸到石家庄、保定、北京直到北美一路求学工作的成长历程,一路方向俱是北行,故名"一路向北";至于"云"和"月"是我作诗文时感觉最美的两个意象,经常使用,这在我的古体诗文中也多有展现,故名"云月随心"。

　　是为记!

识于路州新月城

2020 年 7 月

目　录

1

云月随心

一路向北

我过早地选择了宁静

我过早地选择了宁静
从此,生活就迥然不同
我是一个逆旅者
我过多地思考着人生
读诗,听歌,写作
我在如水的静谧中
我的上面,是飘浮的云朵
无论星辰和月
还是鸟儿和风
一片叶子都能让我不由得心动
我细细地品味着如海的寂寞
体会着最与自然契合的这刻心境
泪水簌簌地流下
没有人来打扰我
我是宇宙中最孤独而快乐的精灵

游　子

中秋的夜色已如一杯清茶
这城市已由灯火辉煌的陌生
浮荡出了朦胧
同杯共盏的人家啊
这是我最心伤的一片风景
郁郁孤行,郁郁孤行
深夜的街头人声寥落
没有人理睬我
我的同伴
便是我的身影

前面是路
后面也是路
我走近了街口
又走远了街口
脚步到了哪里我就在哪里
脚步却始终不在窄窄的路上

我要飞了

我不能给你你想要的生活,我爱的人
从此我便要离你而去,浪迹天涯了
遥远的虚幻是我心中原本的存在
眼前的一切都应在远方的身外浮游
不是我的心雪天般的冰冷
我的血液注定了我的追寻

我是一片如羽的叶
我的快乐在于我能够在风中簌簌地飘
天太高远,这里的屋檐碰破了我的头
我羡慕那飘游在空中的云雀
我渴求作为一只鸟儿所能拥有的自由
我要飞了,我的姑娘,揩干你的眼泪
请为我打开鸟笼!

当　我

当我如墨的黑发
归于绿林
当我熠熠的双眸
归于远星
当我傲岸的骨骼
归于山岗
当我瘦弱的身躯
归于大地的时候

我青涩的思维
便消失于风
不再有任何回音
在历史的山谷里响起

心　绪

蜂蝶蛾蝉
谁最翩翩？
一丝雨
溶落一段缠绵

岸边或者梦
抑郁的青草
寻找着昨天的少年

追 求

呼吸里
都是黄沙
的路上

走过来
一队
沉重的行囊

漫漫的前方
走过了
漫漫的荒凉

脚步
始终在
越过荒凉的
那个地方！

往　事

泛起的陌生
思索着
熟悉的你
你流动着
涓涓秋意的眼波
渐渐变冷
仿佛一柄青锋
遁入了鞘中

纪念"一二·九"

一个学生

有着一种热忱

一个青年

有着一种责任

莘莘学子啊

把祖国命运的纤绳

深深勒进自己

稚嫩的肩身

说什么风雨雷电

怕什么雪刃森森

把青春挥洒在生死场上

用生命去镌刻

那个大写的"民族魂"

"一二·九""一二·九"

澎湃中华的血液

激荡乱世的风云

一九三五年

把中华儿女跨世纪的屈辱

催化成

地火般的愤怒
神州大地
遍传一个振聋发聩的声音："图存,图存！"

然而,昨日的一切
已成为今日的历史
爱国,一个背景把一个内容映衬
昨天的学生,有着一种深沉
深沉是动荡的年代把他们的意志磨韧
今天的骄子,有着一种单纯
单纯的我们,该怎样接过"一二·九"的长剑
去刻写当代青年的
妙　笔
雄　文?

一生的心事

紫箫在微风里吹

樱花在落雨里开

一片片的叶子都还记得吧

现在的你我却各自天涯

隐隐的歌声在远方的迷茫里飘漾

远方浸入薄雾的迷茫

蹒跚的脚步

游移着景色的视线

忧伤留在了

临街的窗旁

不是这雨的颜色太轻

不是它

不是这箫声哀婉

不是它

我想起了你

便想起了一生的心事

深　情

有时,她会送我
一枚草编的星星
她说:你喜欢的!
有时,她会送我
一捧香香的花生
她说:你吃吧!

有时,她会大了胆
盯着我瞧
有时,她又低了头
悄悄地笑
纯朴的村里女孩
她还能怎样呢?

诽　谤

我是一耸昂扬的青竹
我的脚下
是蔓生的草秧
我把我的枝叶向空中伸展
摇曳、自在、狂!

我把脚的意念入地的深层
我把眼睛的触角高向云的那方
雷电不足以惧我
我和诽谤一起成长!

青　春

我喜爱的一方
是个未知的参数

像窗前的那支文竹
纤细而又昂扬

印　象

落满灰尘的橱顶上
我发现两件讨厌的东西
一只老蛛藏在黄色的书里

喂,老弟,你在那里收获了什么?
啊哈,老蛛放开两手,露出它褶皱的面皮
它黑色的眼窝里流出冰冷的恶气

是的,一本
人的秘密!

这个社会

我常嗫嚅
不愿让人知道
我更多的心事

然而
结果却是
更多的人
知晓了我的心事!

思　绪

一叶之微动的时候
我知道
风儿来了

风儿来了
我便想起了你

来自生活的顿悟

浪漫就像秋雾
在夜里产生

天亮时
就悄悄散去

心　境

我行走在我可以行走的地方
任何阴谋诡计都无力阻挡
我熟知厌胜①的力量
我最擅长的就是跳出你们设定的围墙！

来吧
在这个任性无序的世界里
我们看看谁能笑得更狂！

①厌胜即"厌胜之术"，是古代的一种巫术，通过诅咒或祈祷来制服那些讨厌的人、物或鬼怪。

孤　独

如果这人群
一定要毁灭
就让我随着它
一同毁灭吧

若这人群
能在蒙昧中
获得新生
则我必定要为它
尽着先行者的行动！

邂 逅

追忆往昔的你
继续追忆你的往昔吧

对你
我已失去了勇气

不　是

不是不知道
是不想让念头把平静①疯掉
不是不想要
是不愿让情感把美丽变得微妙
不是得不到
有一种理性悄悄地把冲动盘绕

当幻想随着从前的季节飘远
溪流便不再留恋云的美貌

---

① 平静是我内心的日常状态，心里一旦有了念头，内心就像石头投水出现涟漪，所以这个念头就是一种疯狂的力量。

从　此

从此不再有
便是不相守
似水往事成追忆
闭目仿佛俏姿容

从此不相伴
便是不相恋
梦真抬手都是幻
落寞背影孤枕伴

从此不相怨
变作不相见
半尺云泥天涯远
点滴缀成相思线

知 否

有一种默契
云也知道
月也知道
风儿不知道

有一种快乐
花也知道
鸟也知道
溪水不知道

有一种距离
心也知道
梦也知道
你却不知道

于　是

远恐是一种伤害
近怕是一种畸恋
于是
梦便成为了真实

说爱似曾有过
讲恨无可奈何
于是
情便成为了虚无

前行也许不对
后退可能有错
于是
站立就是真理

分不清是否是真
也辨不明是否是假
于是
沉默就是最好的回答

印 痕

虽然经过了一千多个日夜的相守
可我对这个有着小资情调的校园
还是感觉那么的陌生

因为,看到它想到的却只是你
而没有你的校园
就像没有灵气的风景

昔我来时,两个人的快乐是伊斯兰餐厅里的肉串和馕
是浓荫梧桐下匆匆的脚步
是左顾右盼新鲜的人群
是高大的孔子像如山般的静默
是不可思议的绯红的柿林
和一个理想的生成

今我往矣,伊斯兰餐厅的肉汤依然鲜美
服务生依然冷漠
座位上的我依然强装镇定
可是,对面却空无一人

一千多个日夜的相守
让我对这个彩色的校园
感觉还是那么的陌生

那是因为
这个独具个性的校园里
已经没有了你轻快的身影

我已飞远

当我奔跑时
你不屑一顾

当我腾空而起时
你只是抬了抬头

可是,当你向我招手时
我却无法停住我的脚步

因为,我已飞远
这里的一切
都不再值得我驻足停留!

女 孩

云儿的眼泪打湿了你的秀发
你的眼泪润湿了我的心
并非所有的泪水都能打动我
而你却是那么的脆弱

你飘飘的长发是风
你的温柔也是风
心海中涩涩的海浪
被你的风儿
悄悄拂出了眼窗

随意飘洒的雨落进了湖里
平静的水面泛起了涟漪
一页页的过去在耳边翻起
所有美丽的日子都被你珍藏进蓝色的记忆

心檐下的雨铃儿泛起了叮当
我祈祷着
今　生　有　你

石 岩

我是山溪里
峻嶒的
一块石岩

挽留不住
身边俏丽
如女的流水

往　事

曾想过你,也曾梦过你
不知怎样冷却那颗心
曾爱过你,也曾恨过你
不知哪一种感觉是真
把幻想留住
把心儿放飞
让他把梦中的你去追随
等到白发皓首再回想
一切都如过往烟云
少年是那么的可爱

相思为了你,忧怨为了你
每一次风儿冷冷,人儿憔悴
痴情为了你,寂寞为了你
每一次洒下多少伤情的泪
带走的是孤独
留下的是伤害
我不敢面对真实的现在
等到梦醒时候再回想
一切都如过往云烟
这世界是那么的无奈

无　题

独步林间,静静地
倾听着
唰唰的
大自然的呢喃

那是雪花
以其生命的重量
击开
空气的漫幕

从高空到地面
划出了
一条看不见的
轨迹

于是
心中
一阵轻雾飘过

历史胶片

云逝风间
忧郁不是剑
只有悲壮与英雄相伴

楚王的凛威
江畔的一声骏啸
留住了时空

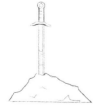

窗 台

窗台的兰花开放出美丽的馨香
我从心底涌动着
如海的感动
你剖白了你的深情
我所回报的却只有从容

从不乞求什么也不会改变
男儿泪滴滴难落
哪怕这情
融化了我的骨骼!

那会儿

淡漠的眼神
扫视过
包括我在内的
芸芸众生

清楚地表达出
那是一个
与我远远无关的人

转过身,伫立街边
静静地看着
慢慢走出我深深视线中
那袅袅婷婷的背影

才不得不相信,擦肩而过
真的是两个世界的距离

新奥尔良印象

遥远的街角游来了红红的老街车
风里吹荡着一袭温婉的蓝丝裙

十九世纪风干了的一框街景
垂垂暮年了的老帝国的荣光

法国贵妇的雍容与优雅
广场音乐不知何时日暮

金发情侣在路边酒吧高声嬉闹
咖啡喧嚣,热气腾腾

垫地一尺或三尺的猎枪房
大木屋以及院落都悠然自得

他们说印第安人和商王朝
斑驳的老柏树垂满白苔张牙舞爪

黑乌鸦飞过月黑风高的夜
传说中的巫师与白色水晶球

石棺在街边墓地成排卧倒
骷髅蛛网和蝙蝠成为胜景

几百年的橡树诉说着人世间的过往
河里枯木上排队的乌龟和入定的鳄鱼

老柏树后面那只呆头呆脑
保持着万分警惕的树熊

云月随心

邂　逅

流风般的箭声
在我耳边响起

想象已不可能
它追杀着最遥远的记忆！

无　题

在孩子们面前
我一样少年

在世俗面前
我拾起我的狂狷

逆旅者

没人愿意听
我在说什么

大家谈论生活的时候
我只好无趣地四顾

我是云

风在,风着我的意志
雨在,雨着我的思想

我是一朵飘浮在天空中的云
在风和雨里自在地成长

我　是

我是
黄土地上的
一粒微尘

我的眼睛
流露出
我童年的
天真！

断　想

我是一泓
清泉

我的生命
在于
我能够流动

小时候

我记得
小院一角
薄荷的清香

跳动在
每一页
浅浅的风里面

梵　行

当简单无法看得清楚
当距离成为一种保护
当感觉变得若有若无
那么，完美就是不足

当无法找到来时的路
当前途变得遥远模糊
当心灵不再宁静安住
那么，快乐也是痛苦

当云月依然山水一如
当溪林安谧夕阳天幕
当风雨自然心无旁骛
那么，从容便在心安处

校　园

亚热带的植物
在整个地理背景的映衬下

显出它
独有的颜色
独有的成长规律

它们永远也不知道
怎样才能像北方的乔木

学会幸福地休息
也学会来年的生长

那经历过落雪的草木
那安静的山峰

那夜里永远也不知道
什么是寂寞的路灯

崖底的藤

青藤在生长
它身边的杂草却承受不了它的远大与力量

青藤不像菟丝子和喇叭秧
甘愿攀抓任意一条并不可靠的糟绳

它爱的是突出的石岩和石岩上的青松
那才是它向上的脚蹬

至于那些挡住了它仰望崖顶视线的腐草
它不屑于依靠并顺手把它拔掉

靠着它自己向上的力度
靠着最最坚结的石壁
青藤在生长

性　格

风儿唤醒我的时候
我更愿意飞到阳光的国度里去

方　向

顺着河流走
你就会发现大海

我是多么地欣喜啊
因为我已找到了河流

痕　迹

我曾经
百无一有地流浪

我衣上
还留有一路的征尘

我的天空

天空是我的天空
土地是别人的土地
我在空中浮游,自在,飘
人们在地上望着我笑

知识,给了我飞翔的羽翼
现实,却诱我去正视人生

我和谁
都不太一样!

一杯水

从水心到水岸
波痕宛宛,纹纹层层
风,拂着细浪

这里有着
澎湃的动感

没有一处
如禅般的
安静

可是,这是一杯水呀
我把它放在了海边

世　界

教授们
滔滔不绝地用嘴说着

农夫们
默默无语地弯了腰干着

两类人
用两种方式装扮我们的生活

哲　人

虚幻并不总是虚妄
陌生是因为你在现实中生长

我随心自在地走着我的路
时而是云
时而是月
总是在高处
将一些雨辉
洒在人们的身上！

走出校门之后

白天
我还醒着

入夜的时候
我便不得不和大家一样
去——睡——了！

黎　明

宁静而清新
像个蒙着面纱的少女

你一来
黑夜就撒开长腿
跑掉了

我孤独

我孤独
是由于我高的缘故!
山松对着飘过来的云说

请离我远些

请离我远些
艳丽的小姐
我是一朵
带雷的云！

磨　砺

嘲笑,怒骂
我踩着

寂寞,孤独
我忍着

多灾,多难
我顶着

来吧,我的灵魂微笑着
傲视着这一方的空间

家　园

我瘦弱而且孤傲
我的天赋使我有着坚强的信念！
不是我啸叫得比狼还好
周围人的思想确实还徘徊在我的初级阶段

对于名利我并无兴趣
我的方向
在于那飞鹰高踞的山峦

这个世界

每次和人话别后
我总是发现
一只手有泥土
一只手有墨汁
于是
我便缄默

远　近

远视患者说
我透过玻璃观察对面
我用我的思想去看远方

近视患者说
我透过玻璃去看远方
我用我的思想观察对面

两种病人
两种世界观

憧　憬

星啊
每颗星都守着自己的那片黑暗

可是
如果星们能够走到一起的话

我笑了
那该是多么憔悴的夜晚

知　音

鸟儿衔走了
窗台上的诗笺

我为此感到
幸福而且满足！

使 命

我把受苦
当作我的快乐
我满足于
我对自己的折磨

你不屑一顾
我知道
有时候我也想
是不是对自己要求得太高
可是我又觉得
我和谁
都应该不太一样！

生　活

这是一张沾满了灰尘的网
上面还留有许多虫儿的躯壳
禅定中涅槃了的蜘蛛
和
追逐中灼干了的飞蛾

如果能允许我自由地选择
我更愿做一只小小的草萤
在梦的天空里飞来飞去

真　相

我浅陋
可是
许多人比我还浅陋

于是
我便显得高深起来